蝴蝶永遠聽懂風的召喚

它翅膀的形狀將是所有形狀的翅膀

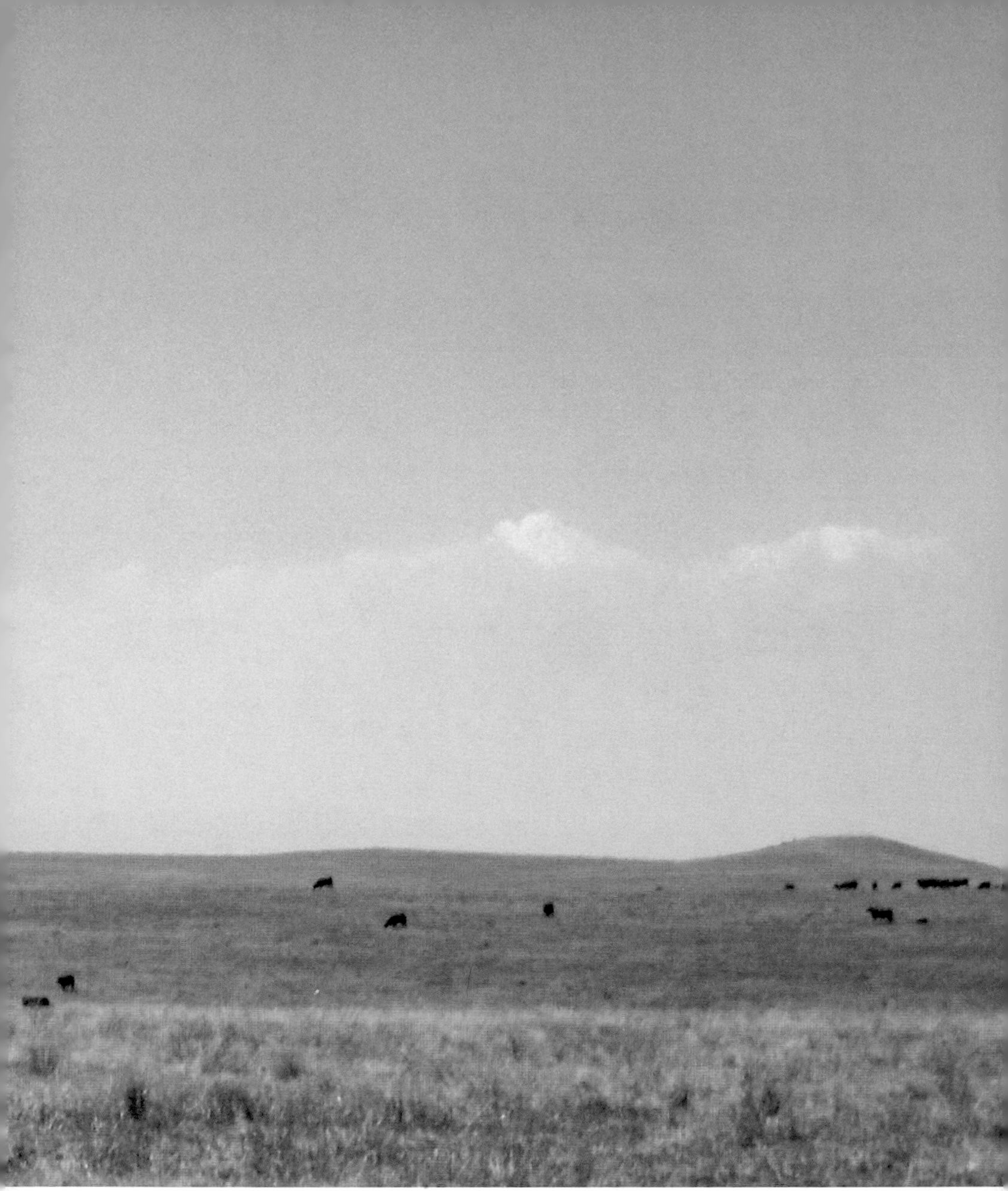

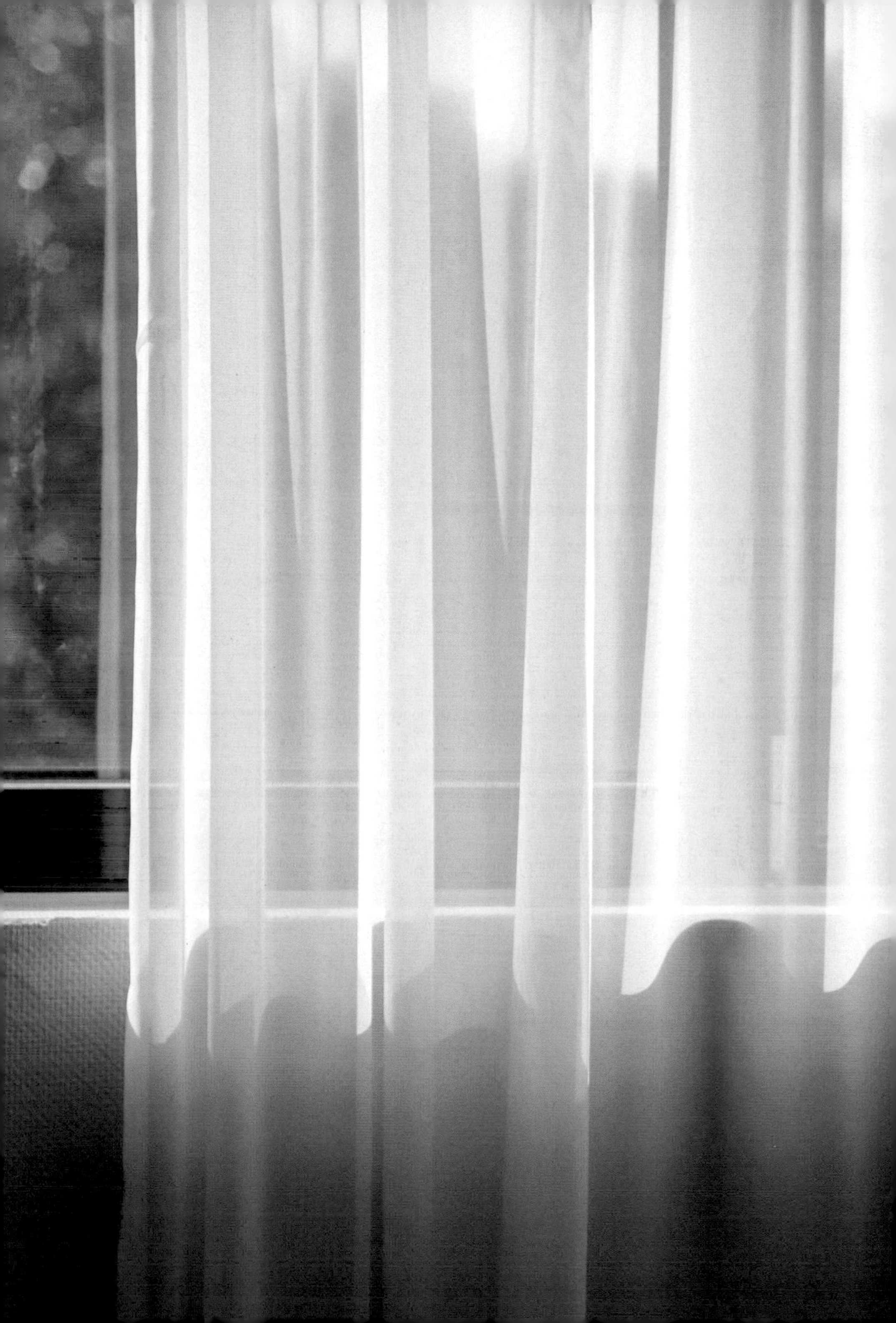

我是最纖巧的容器承載今天的雲

宇文正 著
孫晨哲 攝影

推薦序

宇文正為何寫詩？

詩人．陳義芝

宇文正為何寫詩？我未聽她說起，也尚未見其自序，並不確知。據說早年她就寫詩，但在我與她相識的這二十年間，熟知的是她的小說和散文。

——也許是時光催迫，感慨加深了。

〈那時我是你的如花美眷〉一詩，她以一隻在烘衣機烘烤落單的毛襪，抬頭望著高掛曬衣夾上的另一半，喻示人生境遇：相知與分離。〈風吹落的〉，以荒野小徑的枯葉被腳踩得「玉濺瓦裂」，揭示生命中也有心碎時，也有歡愉時，從前不曾留神而今始感知的空無。

——也許是回憶堆疊而歷歷難忘。

〈回憶是這樣一種生物〉即描寫往事如殘骸，在腦海這座巨大墳場，幻化成美麗珊瑚，不斷地召喚她。另一首〈無題〉，說初秋時光「天不藍了／知了已瘖啞」，鉛筆卻是發燙，渴望向人吐露，每個字都帶了秋意。

——也許生具一顆詩心，為了禮讚生命。

〈有一天〉描寫即使身體衰老了，思緒零亂了，心靈那一隻蝴蝶仍隨風飛舞：「蝴蝶永遠聽懂風的召喚／它翅膀的形狀將是所有形狀的翅膀」。〈請在早晨遇見我〉強調一天中最美好的時刻是早晨，生命每一天都有新鮮的早晨，不因年齡改變，但看是否有一雙翅膀翱翔、詠嘆星光滿天。

——也許宇文正要說出對社會發展最深的憂傷。

〈海王星書簡〉說：「有人綁架孩子／有人綁架真理／有人綁架了／人民……夏天綁架春天／黑煙綁架天空」，即使最強大的風也「吹不散可疑的霧霾」，以悲哀的無力感，引發讀者進一步思索，台灣是被什麼政治騙術、什麼刻薄語言所綁架。〈2018晚秋的晨禱〉說：「誰來阻攔那雙手？／不要任其撕開鳳蝶的翅翼／不要任其敲裂細薄的蛋殼／不要任其攢碎古老的瓷瓶／不要任其塗沒那天雨粟鬼夜哭的字／不要任其絞斷那行雲高山流水的琴弦／誰來攔阻？／不要任其吹散那藍田細瘦一縷／煙」，九行連用六個「不要任其……」的複沓句，顯見是對教育政策的黑手伸入文學、文化的控訴。

上述係就宇文正詩作之詩情與言旨而言。若論其詩法，無疑地寄深情於淡筆，所謂「沖和澹蕩，似即似離，在可覺與不可覺之間」。例如，〈節奏不明〉一詩，「春天模仿著冬天／就被冷雨溶化了」，「冬天模仿著秋天／風吹皺了過往」，敘述者頻頻回顧歲月經歷卻不直說悲歡；〈失眠者〉：「不要開開關關那扇門／它總是意義——意義——」，「但也不要掛那串貝殼／最怕海呵海呵把心搖到了遠方」，構思悠遠，不寫形而寫神。

迷離惝恍的表現，當然也是嫻熟中文詩學的她所擅長，〈光之瀑布〉詩中的是與不是的筆觸，究竟是今生的抽痛還是來世的驚夢？〈在江湖〉詩中的情與不情的吞咽，愛要說出口嗎？白鷗的嘆息又是為了什麼？卷二的〈剎那〉，描寫宿世波折的情緣，終將相會，也是一首感人之作：

那時你從若干光年之遠而來
我從大雨中走進人叢走向你
雨水順傘沿一路跌落
我不知道自己認識過你
前世的前世我不知道
你的話語凍結
眼神說著妳來了妳來了妳來了妳來了

詩意連貫，確實可見詩的藝術。下一節，以星光、海濤、燦亮的水光、轟然照面的花開一瞬、一滴冰涼墜地的水珠，與詩中的「你」相指認，從「我不知道」到「我知道」，行氣如虹，餘波蕩漾。

早年新月派名家梁實秋曾說：「沒有情感的不是詩，不富情感的不是好詩，沒有情感的不是人，不富情感的不是詩人。」借這幾句話探察宇文正為何寫詩？終於可知：因為有敏銳的愛恨悲歡，有誠摯地面對萬物與人生的態度。她是「新生」的詩人！

二〇二〇年一月六日寫於紅樹林

跳音與異音

詩人．楊佳嫻

宇文正具多重身分——小說家、散文家、副刊主編、記者（還有貓奴）——無法率爾將她歸入「小說家寫詩」的行列中。一談到「小說家寫詩」，心頭浮現七等生、駱以軍、伊格言、王聰威，瑞蒙．卡佛（Raymond Carver）、瑪格麗特．艾特伍（Margaret Atwood）、哈金……，這些人小說風格差異很大，圈在一起還是有些粗暴的，即使他們不少詩作確實展現出環繞著情節來展開的傾向。然而，這並非兼具小說家身分的詩人專屬，漢語詩中稱之為「散文詩」的類別裡，如商禽、秀陶等，或者在思維色彩發達的詩人比如羅智成筆下，也曾展示過類似的組織詩的方式。

因此，對於多元創作者，與其說詩怎麼寫會與其「第一創作類別」有關，倒不如說還是和這個文類在這名寫作者生活與精神上占有的位置有關。我以為詩對於宇文正來說，是神思與日常的接縫處，讓普通日常得到翅膀，比如從襪子落單而寫出的〈那時我是你的如花美眷〉，神思則降落人身人心得到形狀，比如〈所以我要撐把傘〉中從雨點打落聯繫到母親在鐵罐裡找釦子。在第一本詩集《我是最纖巧的容器承載今天的雲》裡，宇文正大多數詩作並不朝情節性來發展，而以即景生情、抒情時刻驀然閃現為主，且短製居多，簡潔與靈巧取勝。短，並不保證簡潔與靈巧，這還得依賴節制，必要時躍接、跳開、瞬止，詩意在斷口處自湧自生。

〈飼養〉，只有三行，「向天空釣一片雲／向大海釣一朵浮浪／餵給我饑餓的透明的鷹」，前兩句以「釣」來提亮，不過，在鮮詭意象如家常便飯的台灣現代詩裡並不讓人驚奇，第三句卻突然盪開去，饑餓的透明之鷹是「我」真正的渴望嗎？「透明」與「饑餓」的關係又是什麼？逗引讀者，釣出困惑，比給予一個想當然耳的平庸想像更符合詩的任務。〈風吹落的〉這首詩長一些，便有餘裕做時空或感覺的鋪展：一開頭就把一球薄脆落葉比喻成剛烤好的可頌，取消落葉在文學中長年被賦予的蕭瑟慣性，反而拿來「一腳扣住」、餵養「心碎」之感——因為十七歲時追求絕對、追求破裂；甚至，到了三十歲，也還態度從容，能與落葉「惡戲」，不怕「一路踩出玉濺瓦裂」。但是，那滿地落葉不正是時間早一步給出的預告？挫出灰來，裹住「這一生的／空無」。全詩情緒急轉直下，又不致滿濫，退潮露出的沙灘最惆悵。

最後，想提一提〈懺悔〉。這首詩寫女子到醫院回診乳癌康復情形，照完超音波，等候醫生來說明的空白裡，女子心懸未下，開出許多「戒〇〇」的支票，期望換來命運垂憫，聽醫生吐露安慰的答案。那些「戒」反寫出生活中的「癮」，而「癮」又往往是「活著」的證明，在疾病面前、在已傷損過的身體面前，究竟「癮」和「戒」，哪個才奢侈呢？當醫生宣布無異狀，女子拿出手機，彷彿要重訪這個世界似的「迅速滑過今日大事」，且強烈感受到「真的好多大事」，最重要的，不就是「我健康」、「我還好好的」這件大事嗎！《我是最纖巧的容器承載今天的雲》的柔美中，〈懺悔〉像一段異音，嘈嘈切切，卻使整部詩集更為豐富。

推薦語

早在宇文正的小說與散文就潛伏許多詩的字語。她細緻、靈動、剔透與體貼的心意，這次全部盛納於第一本詩集，此刻才推出詩集，不是慢，是剛好，剛好的濃淡與光影，剛好的歲月煲出的美味。她的小詩親切，凝練，柔中有勁，有故事，也有涉世關懷。她把生活寫深的方式，就是讓文字澄澈輕淺，才能投映人生細節。喜歡她說「回憶是這樣一種生物／召喚一次它便活一次」，那麼，宇文正的詩也是這樣一種生物，召喚一次它便閃爍一次，於是翻開這本詩集就有了幸福的光。

——李進文（詩人）

這些未繫年的詩，始於觀看，看見「海濤如泡，豔陽如影」；始於聆聽，聽到「雨點／是當年遺落的／一顆顆鈕釦」；始於領悟，「我的白鵰不輕易說愛／牠吐出的字音太像嘆息」。憑藉感思經驗，憑藉她嫻於握筆的手，純真的心，宇文正打造出一個屬於自己的容器，可以承載雲。

——陳育虹（詩人、譯者）

宇文正的詩宛如一朵朵飄盪的雲，輕巧來去，撫慰人心。那是一種最溫柔的直覺感受，美成為了最安靜的撞擊，詩讓心與心之間沒有距離。在快速運轉、煩忙焦躁的生活裡，咀嚼這些宛如雲朵的詩句，忽然覺得可以安心了。

——凌性傑（作家）

輕風拂水，瑣物含情，像午後的琴音在陽光下遊走，以蛇的輕曼，波斯菊的閑靜。宇文正的詩兼具浪漫深情與慧黠巧思，能在靈光一閃之際扣觸生活的意趣。音韻柔軟自在，語言疏密有致，其迷人處既在詩意，也在靈動的抒情自我。

——唐捐（詩人、台大中文系教授）

即使足尖是一踏即碎的荒徑枯葉，眼前所見為字肢模糊的拋霧線，耳邊傳來茶湯蕩漾的靜謐，喉嚨有一口吞下未及咀嚼的江湖——這些精巧的小詩，是誰坐在樹陰看了一下午的雲，終於甘願起身後，時間的長裙子抖落粉色花瓣紛紛；懂事的手，合而為一次默禱。

——孫梓評（詩人）

「我是最纖巧的容器盛裝今天的雲」翻看宇文正詩稿時，直覺這句詩應當做為她詩集書名的靈感。詩，於無窮幻化中引一瓢水，瓢中有弱水三千。宇文正的詩，把陽光、春花、銀杏……織為一衣，抵抗了世界之寒冷。取筆書，為宇文正出詩集賀。

——許悔之（詩人、有鹿文化社長）

在北碧府的湖畔讀宇文正第一本詩集，許多人青春結束，詩就結束了，宇文正好像才剛開始。讀著讀著，就走進荒僻落滿枯葉的小徑，抬頭看天上白鵰翺翔。在詩的世界，確定宇文正還會幾番鼓翼，吞下風，吞下雪……。

——蔣勳（作家、詩人、畫家）

美好的，明澈的，懷念的，無人知曉的，把這人世或時光當一小小的黃粉蝶，那樣眷愛不忍。這是非常古典的良善，讓人想起楊喚或琦君，如今極珍罕的靈性微光，輕聲輕語，怕碰壞了這早已千瘡百孔的世界。一個召喚星光顫動、微風拂面、萬籟俱寂、獨自迴旋的小步舞曲。

——駱以軍（小說家）

在一切都將枯竭的時候，瑜雯姊從巴士司機洗車的水窪裡，照見了埋藏於體內的十七歲少女，於是被遺忘的詩，在銀杏的金色光芒中被拾起，且有了更寬豁的視野，一如月光的照拂無有邊界，而它翅膀的形狀是所有形狀的翅膀。

——隱匿（詩人）

生活不是永遠像小說，卻在縫隙裡充盈詩意。宇文正的詩裡有自由、溫柔、俏皮的想像，與對人世滄桑的憐恤，彷彿一個具有佛心的少女在玩耍，讓人樂意迎接她濺起的水花。

——鴻鴻（詩人）

自序

一切都將枯竭的時候

那個早晨走出家門，初夏的陽光輕刺手臂，有一種異樣的觸感。走向社區巴士停靠處，司機先生拉著水管正在洗車，小水窪在我的腳下凝聚成形。我低頭看那一灘水窪，波紋，如外星人盯著一顆新鮮的星球，聆聽細細唆唆的水流。司機抽走水管，起動了引擎，清淺水窪在我眼下迅速乾涸。我快步趕上了車。

車上，拿出手機，在備忘錄裡迅速寫下一首小詩：

我錯過了世界末日
對大廈管理員的招呼不知所措
……

我就這樣開始了寫詩。寫詩忽然成為我這段時光裡最重要的心智活動。我一樣地每天在同一時間走出家門，走到社區巴士停靠處，不遠的樹叢，曾有人告訴過我，那裡有老鷹的巢穴。我習慣目光搜尋樹叢、天空，尋找老鷹的蹤跡，看到的，多半是雲，每天不一樣的雲。開始寫詩之後，眺望的世界有一種離奇的新鮮感。

但我其實不是第一次寫詩，二十多年前，有段時間我在家帶孩子、寫小說，過著與世隔絕的生活。短篇小說一篇一篇發表，很快地在遠流小說館出了兩本小說集，也很快地就覺得好像把鬱積著想寫的東西寫完了，搖著身邊的小嬰兒床，**也許我的寫作生命就要結束了**，而我已離群索居。我留意到有隻螞蟻繞著眼前的杯子打轉，白開水也會招螞蟻？我攤開稿紙，寫了一首短詩〈靜謐〉，捕捉此時此刻，我寧靜無波的生活。

我陸續寫了一些詩，直到重回職場，在工作、家事的夾縫間，一點一點地繼續紡織我的小說，我又結了新歡寫起散文，幾乎忘了寫詩這件事。

這兩年，在忙碌裡，在煩亂裡，在對這個世界、所處的社會感到悲傷的心情裡，而自己創作的慾望像荷爾蒙般恐怖地流失，我想著，**也許我的寫作生命就要結束了**。

深秋，我到京都賞楓，吸引我目光的，卻是滿樹金黃的銀杏。銀杏這樣美啊。看著銀杏，如見一位久別的知己。從很早以前，我便察覺自己對於美的觸動，多來自靈魂很深很深某個屏幕被揭起的一瞬。我聽二胡、巴烏，總有前世要被召喚出來的幻覺。對於喜歡的人，朦朦朧朧都會有早已識得的困惑，歡喜，也因此讀《紅樓夢》時，寶玉說：「這個妹妹，我曾見過的。」我懂，我國三時第一次讀就懂。今秋第一次見到整樹燦然的銀杏，又像不是第一次見。

我想起從前陪小孩讀植物百科時曾讀到，日本二次大戰廣島原爆後一段時日，萬物枯竭的死城裡，最先長出新芽的生命，便是銀杏。從地上拾起一葉完整的小扇子，我想到了詩，詩對於我，也許就是這樣的東西吧。在我覺得一切都將枯竭的時候。

目次

卷一 除濕機

讓我把你潮濕的憂傷
一點，一滴，收藏。

卷二　如歌

你的琴音，
暈開今早新寫好的詩篇。

卷三　貓的眼瞳

噢！
我把你遺忘在了前世。

卷四 海王星書簡

誰綁架了你的、我的安逸的夢？

卷一　除濕機

———— 讓我把你潮濕的憂傷　一點，一滴，收藏。

有一天

有一天我很老很老了，
笑聲皺了
葉子上沒有新鮮的滾動的露珠
對愛情咳嗽
不再說自己很聰明
酒量好
思緒的枝椏零亂
枯萎

那時請至少，
至少為我保留一枚鍾愛的蝴蝶結
我也許已經遺忘
從根部上升
失去水失去土失去蜜
失去了誰那侵逼靈魂至深的恐懼
也已遺忘星光從葉隙撒滿全身曾經
顫慄的幸福
但蝴蝶永遠聽懂風的召喚
它翅膀的形狀將是所有形狀的翅膀

請在早晨遇見我

那時我是剛削好的蘋果
請在十八歲那年遇見我
才長出雙翅
喜歡翱翔
喜歡搧動柔軟的翅翼
攪動凝滯的氣流
不然請在二十八歲那年遇見我
雄健的步伐

能走迢遙的路
攀上最高的岩石
月球
又不然請在三十八歲那年遇見我
圓潤歌喉恰好適合吟唱
詠嘆調星光滿天
那麼，我就要到很遠的地方去

無論如何請在早晨遇見我

請在早晨
每天，每一天
我還擁有一個新鮮的早晨

無題

貓咪舌頭舔過的我的初秋時光
軟而涼
密匝匝的刺
你說我們是一輩子的朋友
天不藍了
知了已瘖啞
你說，我們是一輩子的朋友。
我在喧譁，眾聲裡寫信
鉛筆發燙
每個字，都感冒了

盤踞在訂書機底下
迴紋針生鏽
奇異筆已經乾掉了
剪刀沾粘舊報紙的毛邊
指腹滑過冰涼鐵尺
遍尋不著那一管晶黑筆芯
竟有一疊履歷表

嗨，妳好

裹著透明膠套身世完好
我的夢還沒有寫上去的
那個樣子

如果可以

那座火山最近心情不好
最好不要讓她聽搖滾樂　他們說
不要放似是而非的煙火　在她上空
不要在秋天吹春天的風
所有引發噴嚏的過敏原都要靜靜地落下
靜靜地落在她
覆滿青草的皮膚上

失眠者

心煩意亂的時候
不要開開關關那扇門
它總是意義——意義——
說得那樣沉重
據說風鈴可以讓人放輕鬆
但也不要掛那串貝殼
最怕海呵海呵把心搖到了遠方

那時我是你的如花美眷

一隻駝色毛襪書籤一般夾在浴巾裡
從烘衣機滾出來
孤伶伶　它落單了
受過高速旋轉烘烤它沒有燒燙傷
但是它的自我縮
縮
縮小了！
它抬頭仰望高掛曬衣夾上的另一半

回憶那時啊那時
它說：
那時我是你的如花美眷……

國王派食譜

我坐在書房
窗外，晾在陽台上一件準備收納的洋裝，孤伶伶懸掛著
它的拉鍊拉起，顯出腰身。那是我的腰身
它領子上覆著這季冬天溫暖我
茸茸柔軟的毛
它稍微傾斜，像我倚著牆等人的姿勢
兩臂垂著，抬不起打招呼的手
口袋，噢那口袋裡有一張我忘了取出的字條……

彷彿下達一道不可違逆的敕命
給下一個冬天的我

小風歌

我從大衣袖口摘下一顆小毛球
手一放
它在捷運車廂裡飛起來
似一隻蜜蜂
尋花而去

日漸消瘦

於是我們彼此祝福
像太陽祝福著月亮
我們不要去海邊
潮汐知道所有的祕密
我答應你
不我不答應你
我不做任何承諾
彩虹這樣美馬卡龍這樣豔麗
我啊我的夢瘦成今年第一棵熟紅的
楓

所以我要撐把傘

淋一點雨沒關係
頭髮濡濕也不要緊
四周太喧嚷
傘下，我才能聽見雨點打落的聲音
是炒海瓜子嗎
還是媽媽從那口四方鐵罐裡尋找
樣式、身量合宜的釦子
為我縫

傘下無聲跌落的雨點
是當年遺落的
一顆顆鈕釦⋯⋯

今天開始等待

今天是我的植樹日
蝶豆貓咪小麥草和小七拉拉熊盆栽傳說
將結出櫻桃小番茄
空氣裡木棉蒲公英花絮的濃度剛剛好
親吻我裸露臂膀的濕度剛剛好
透不出雲靄的隱性陽光剛剛好
吹不散電線上那排麻雀的風
剛剛好我種下
我種下我的節日的種子

卷二　如歌

——— 你的琴音，暈開今早新寫好的詩篇。

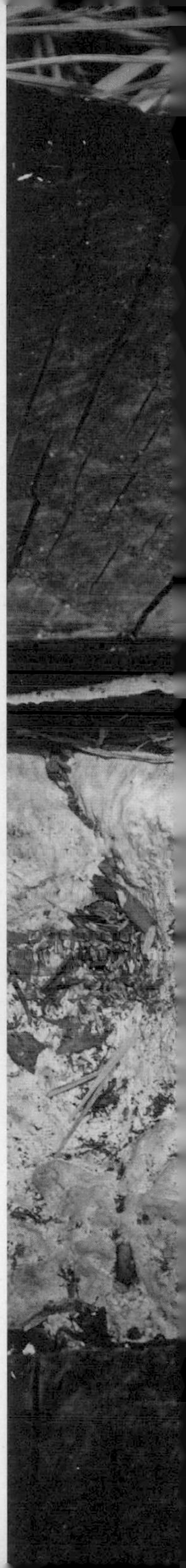

如歌

你的琴音是陽光下的
玻璃
是舌尖融化的冰
是雨
暈開今早新寫好的詩篇

節奏不明

春天模仿著冬天
就被冷雨溶化了
我從隱約的縫隙窺見
十七歲的容顏　蒼白恍惚
紅唇在輕寒早春裡顫抖

冬天模仿著秋天
風吹皺了過往

三十四歲的腳步 鹿的蹄印
落葉拼貼的城市裡
誰在遠方聆聽

遇

最輕淡的是當年認識的第二個夏天
最濃稠的是昨日街上的一笑擦肩

你認得的我都沒變
包括和街角那隻黑貓同顏色的
髮
瞳仁
和一同守候過的許多
深
夜

凝聚

原是張素白的紙
影印了大霸尖山的稜線
再影印野柳的海浪
影印江河水的曲譜
影印新竹的風
影印他二十歲的臉……
多次重複影印
已可撫觸那油墨的凸起

還是揉掉它了
這只是一團漆黑
我無法影印
想念

擴散

我在小小的山丘上畫畫
畫一種獸
有角有鰭有翅膀
可以狂奔可以悠游可以
飛
嘩啦啦一場雨
暈染了畫稿
漾開了我的夢

刹那

那時你從若干光年之遠而來
我從大雨中走進人叢走向你
雨水順傘沿一路跌落
我不知道自己認識過你
前世的前世我不知道
你的話語凍結
眼神說著妳來了妳來了妳來了妳來了

我知道那束星光抵臨眼前流星已死去
我知道海濤盈耳時浪已碎滅
我知道冰塊的觸感，水的澤光，花開的美麗
但眼球無法捕捉冰化為水或者花開的
一瞬　我不知道未來
我將認出你
一滴冰涼水珠

墜地

邊界

山風裡有海的味道
咸豐草
殘櫻
攀木蜥蜴
瞌睡的蝴蝶
橘貓
我的手臂
都裹在淡金色毯子裡

大坑溪支流水銀閃動
在初春消失的那隻大白鷺
已佇足西伯利亞草原上了嗎
月色真美
而我從不知道月光
照拂的邊界

遺忘

啃嚙時間的果核
拋向海　浪如花落
一隻小蟹行於沙灘

回憶是這樣一種生物

回憶是這樣一種生物
召喚一次它便活一次
月光下抽芽
伸展觸鬚
在夢裡枝葉豐盈如明豔海葵
召喚一次它亦死一次
細雨暈開零落疏影
茫茫大地

死一次又活一次
我的腦海堆疊無數往事
殘骸
如巨大墳場
它們是美麗珊瑚

搖籃曲

今晚的明月是你的望遠鏡
瞭望銀河外
輕透如隱形的那顆星子

透明的海沉沉睡了
海豚在星光下跳躍

海一做夢
便翻出浪
我是你的
我是你的岸

我醉了
在這海底
一望無際平坦的沙
像走在大操場上
走在霧中
比目魚貼著細沙
聆聽巴哈十二平均律的眼神
我的歡愉

氮醉

追隨那隻華麗深黑的魟魚
牠是巨大的蝙蝠
轉身　牠是蝴蝶優雅掀動裙襬
繞過光禿禿的海藤　牠是鷹
滑向那座山丘
從山頂繞向山腳
陽光穿透
粉紅海葵已轉酡紫
一萬條魚在我身邊
一萬條魚從我身邊游過
我是一尾寂靜悠閒的魚

卷三 貓的眼瞳

——— 噢！我把你遺忘在了前世。

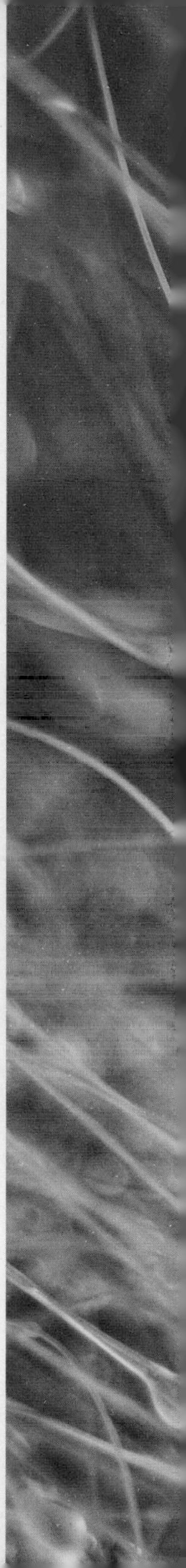

飼養

向天空釣一片雲
向大海釣一朵浮浪
餵給我饑餓的透明的鷹

快遞一朵雲

中午撐著它遮過陽
曬薄了一點點
剛好摺起放進信封
我的雲
寄給你
當你焦渴時，化為快雪

杯緣滑落怯生生的
淚水
我是最纖巧的容器
盛裝今天的雲

鬱金香

霧

凝視冰塊融化
目不轉睛
忍著不眨眼
總也捕捉不了化為水的
一瞬
有霧迷濛
那一整個冬季
每日初醒

同時記起又同時遺忘了
夢
說不出
又分明身歷
其境

風吹落的

一球落葉金黃薄脆
如剛烤好的可頌
豔陽下匍匐我的腳邊
該一腳扣住它的
聽它迸散
心碎
如果我還十七歲

我不會注視它葉面微殘會被誰咬齧
（在猶然鮮嫩的時光嗎？）

我曾惡戲循枯葉深深走進
僻野荒徑
一路踩出玉濺瓦裂
而快意歡愉
如果我還三十歲
我不會留神它筋脈已蜷曲
挫骨便揚灰仍

輕輕
裹住了這一生的
空無

偈

黑板是永遠擦不乾淨的
我曾踮起腳尖
板擦
劃出一道
拋霧線
那是我的極限了
霧裡淡淡的筆跡
有艸字頭

寶蓋頭
人字邊
言字邊
提手旁
豎心旁
啊好多心字部
那些碎骨殘肢擦不乾淨
拼不回來
身是黑板樹
心是

心是
心是
霧裡只有淡淡的筆跡……

早晨

我錯過了世界末日
對大廈管理員的招呼不知所措
對降落肩上的葉子不知所措
對乾烈刺眼的陽光不知所措
對洗車大叔在我腳前釀成的水窪不知所措
仍然用一樣的姿勢跨過嗎？
我能看見水窪裡小於一根頭髮可引起的
點波　來自時空對時空的擾動
今日晴
可我不知所措

水轉翻車

今日攪動那日的海
該如何計算潮汐陽光和雲
雨和風
所有的速度
昨天的沙土水草嘆息
牽絆輪軸　水車水車
水車水車
禾苗和天光雲影

總是搖盪
水車水車
水車水車

關於忽然寫小詩

散步
讓心肺交換新鮮空氣
收集華麗的鞘翅、鷹的剪影
也許就能繪製風從琴弦縫隙通過的形狀
顫抖的葉子　被刑克的這一個秋天
以及露珠
究竟帶著什麼一起凝固

仰望

那棕櫚長鬣迎風
欲奔若狂
一隻海鷗稍事停留
未久即飛
棕櫚葉搖撼如癡

愛與飛行
皆是前世的夢

在江湖

我的白鷳幾番鼓翼
吞下風
吞下雪
吞下雷電
吞下砂礫
吞下仙人掌刺

我的白鵬不輕易說愛
牠吐出的字音太像嘆息

就把翅膀貼在蒼老的天空裡吧
就穿越那些新鮮的雲吧

我不要在烈日下行走，
只要靜靜待著，
散淡聽風，
我知道我終將是無，
我是雲。
我是現在的雲，
此時此刻我是白色的，
像浪花一樣的白，

就這樣……

我是冰涼的，
像啤酒那樣冰涼。
也許就這樣。
也許一支菸的時間，
雷響。

——柏尼達島，二〇一九．二．一〇

在冬日

一段乾爽小路
一聲蟲鳴
一蝶輕舞
一葉飄搖
一滴滑落小窗的雨珠
一杯熱茶

方生方死

靜謐

靜謐的大半天
專注閱讀與昏沉發呆
像一杯白開水與爬行杯緣的螞蟻
一種留神與出神的並存
到午後　喝一杯含乳香的金萱茶
書中之精華是杯底的葉渣
癡楞的時光則是渾沌的淡綠色茶湯

我的日子淡於金萱茶
金萱茶淡於那隻螞蟻的口味
唯有驅趕螞蟻
生活才有了波瀾

祝福

每一朵浪花碎裂處
最潔白
紛飛似雪而
秋天吹無情的風
而海
沒有傷口

風的約定

我知道不能賞盡每一棵楓
不能攝獵每一頭鷹
邂逅每一隻貓
我只是一日獵人
但是風啊　喚我攤開手掌
接住一葉銀杏就是千年
億年

129 | 128

彼狡鹿兮

看我的雙眼
不是手、大衣口袋

我已經一無所有了

我們還會再見嗎
別騙我了
葉葉輪迴

喚你的將是楓一樣紅的唇
一揚手就揮走秋天
而你的眼神太純真
像從久久的夢裡醒來
你不認得我的

佛

寺宇不在了，
你在。
你在不在，都在。
海濤如泡，
豔陽如影。

——歷劫十五世紀末海嘯的鎌倉大佛

光之瀑布

我以為手臂沾濕了
否則為什麼覺得涼冷？
我以為聽見你的呼喊
否則為什麼心頭忽而抽痛？
啊，也許濺起的是來世的夢……

蛾

燈火疊映你的翅翼
當我心思翩翩
走進屏風上的山嶺
雲朵
田野
夢
而你是一枚
沉默的鏡

卷四　海王星書簡

——誰綁架了你的、我的安逸的夢？

聽力測驗

當光線全部暗下之後
她慢慢看見了四周
事物的輪廓明晰起來
氣球飄到了那裡
飄到那裡
飄
崩——爆破。
她的心狂跳
崩然巨響還在耳邊　暫留
暫留
暫留……
那顆氣球是什麼顏色？

去雲化後記

他們把雲刪除
以為天空就變得潔淨

天空無語，嗅，無雨

我無法訴說關於雲的物理學
那水滴、冰晶的凝聚
陽光散射反射種種波段

灰雲白雲的祕密
以及所有遊子的心意情意主意

雲不來投影
山或湖或
我的心就都荒蕪了

夢的夢次方

那是一個乘法教學的下午
銀色的髮，是寫在水上的波折號
夢的夢次方能得出無限大的
未來　給親愛的孩子

他們在地球儀表面畫上經緯
描上國界
但孩子你們知道　如同時間刻度

所有的虛線只留給政客
連連看

你們的身體其實並沒有懸絲
翅膀有最自由的引擎　即使
曾錯過芬芳的玫瑰

我們停佇山之巔飲水
深呼吸
漫步
為了下一趟飛行

一頁薄霜——致羅玉芬女士

妳的功德簿攤在佛前
頁面綴著薄霜
覆蓋那一盒一盒蜷曲肉身即將到期的蝦仁
妳不知道自己也將到期
是誰翻過一頁
嘩嘩拉開破曉至深夜妳被摺疊起來的
時間
妳伸手輕撫霧濕的本子：

媽媽，我好冷！
那一瞬
妳恍惚看見佛的眼淚
結了冰。

注：二〇一七年五月一日勞動節，任職某福利中心工作十年的員工羅玉芬於上班時昏倒，送醫後在加護病房急救七天宣告不治，死因為腦溢血，家屬認為是過勞死，與該公司展開訴訟。

晚禱

天空是綠色的
大海是綠色的
晚霞是綠色的
玫瑰是綠色的
十七歲少女的唇是綠色的
陽光是綠的
彩虹是綠的
雨水是綠的

雪是綠的
如果風有顏色，也是綠的
啊，我們的世界如此
整齊
和平
大家歌唱，讚美
但請不要在月光下彈琴
我害怕你打開了那
黑白琴鍵

注：寫於二〇一七年十二月十九日，夜。

海王星書簡

我以為我擁有最強烈的風
最豔麗的藍
我們在各自的軌道裡共振
我遙望你黑色的岩石
不化的冰
你啊遙遠的冥王星
誰綁架了你的
我的安逸的夢

有人綁架孩子
有人綁架真理
有人綁架了
人民
月亮說為了光可以綁架太陽
玫瑰說為種子合該綁架蝴蝶
夏天綁架春天
黑煙綁架天空
我以為我擁有太陽系最強大的風
吹不散可疑的霧霾
化不開
凝固的憂傷

注：寫在二〇一八年四月二十七日。

2018晚秋的晨禱

誰來阻攔那雙手？
不要任其撕開鳳蝶的翅翼
不要任其敲裂細薄的蛋殼
不要任其摜碎古老的瓷瓶
不要任其塗沒那天雨粟鬼夜哭的字
不要任其絞斷那行雲高山流水的琴弦
誰來攔阻？
不要任其吹散那藍田細瘦一縷
煙

懺悔

我躺在超音波室診察檯上，女檢驗師不時轉身，從螢幕裡
截取分格畫面，按下，輸出，我的乳房，螢幕上的深海，
波紋……

她凝重的神色從大口罩邊緣藤繞眼底
眉心
「等醫師來說明。」
那一刻我開始懺悔

真心誠意為自己的胡作非為道歉
我默默誦念南無觀世音菩薩
決心從此認真伸展、按摩
（肌膚或者靈魂……）
攝食多種顏色蔬果海魚枸杞咖哩
走路踩腳踏車拍手。從今而後
戒晚睡戒酒戒臉書戒壓力戒憂鬱戒急怒攻心

戒理會眾人之事
冥想退休
與貓狗同棲生活
只讀喜歡的書
偶爾寫一首詩
醫師掀簾走進
嚴肅凝視螢幕裡的潮汐
那是我失去哺乳功能的遺址
與癌細胞戰後的廢墟
「開刀幾年了？」
……
「我…忘記了……」

他的笑容從口罩邊緣一圈圈溢散出來

我穿好衣服，梳好長髮
儀容整潔端坐，等待醫師回到問診桌前
電腦螢幕上陌生文字汪洋
一行中文字如穿著彈簧鞋噗地跳出：
「無特殊異常醫學影像發現」
無特殊異常醫學影像發現！
醫師遲遲不來
我偷偷拿出手機
迅速滑過今日大事
噯，真的好多大事！

暴雨中

她拖著一口銀色行李箱
從地鐵浮出路表
和向廣場移動的人群不斷摩擦
遠方雷動
如一整座中學校園的歡聲
她還記得搭肩放懷大笑
同伴的青春容顏
滂沱雨下

世界一無遮蔽
不能在大雨中打開
行李箱裡或許有傘
視線模糊
或許有一副眼鏡雖然度數總也不足
心悸胸悶喘鳴咻咻
對各種激情過敏
或許有尚未失效的支氣管擴張劑
但不能在暴雨中打開
行李箱
還帶著那一綑信嗎
過期的許諾

筆電
遺忘密碼無法進入
她寫下過濃烈的愛
信任
深摯的祝福
致情人
致未來的孩子
未來的孩子們
米白洋裝的那個夏天已經發黃了呀
（風乎舞雩　詠而歸
她輕輕沉吟……）

人們看著她
疑似牽著一隻隱形的狗
在暴雨中與人群逆向而行

狂奔

到達站牌的時候
那輛車載走了所有人
只有我和我的影子
一同喘氣
擦汗
但我不知道那部車
將開向哪裡？

所有食物放進冰箱
還沒煮的
沒吃完的
人家送的
美味的
捨不得的
營養的
沒營養的
難煮的
難吃的

關進冰箱就好了

難看的
噢……這根本不是食物
只要放進冰箱就對了
只要關進冰箱就好了
明天再說吧
後天再說吧
薄霜籠罩
我們的明天　霧
愈來愈濃了

口罩年代

已經戴上口罩很久了
在網路共和國裡
不要咳嗽
打噴嚏更將引來撻伐
隔絕異種菌株
沉默
像中學課堂上低頭

避免被老師叫起背書
不妨神遊
只要不被檢查功課
聯絡簿上記載無聊笑話
不要寫認真的句子
異端永遠會被指認
圈起，打叉

草尖迎向割草機
晶瑩露珠
迸碎

海一做夢
便翻出浪
我是你的
我是你的岸

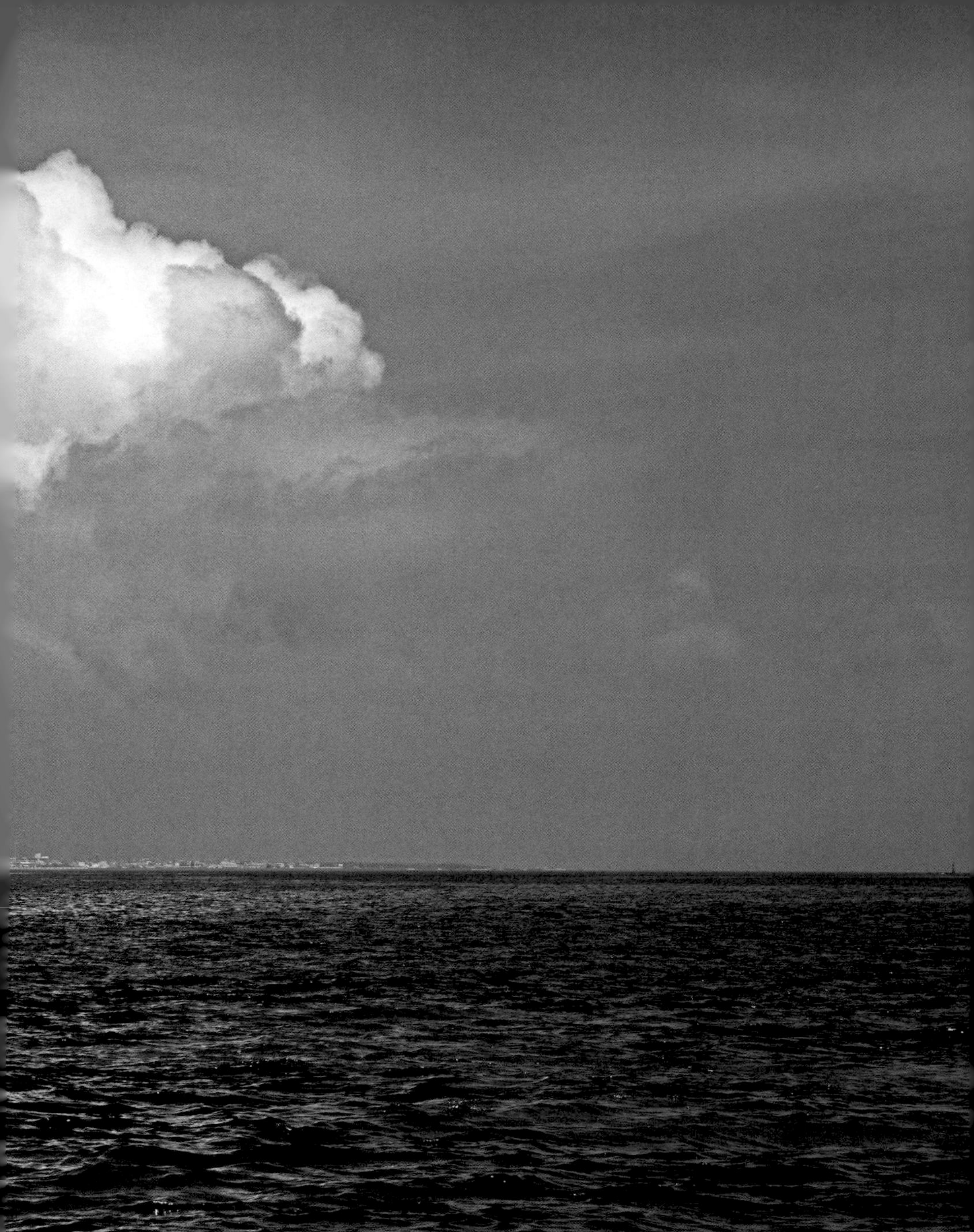

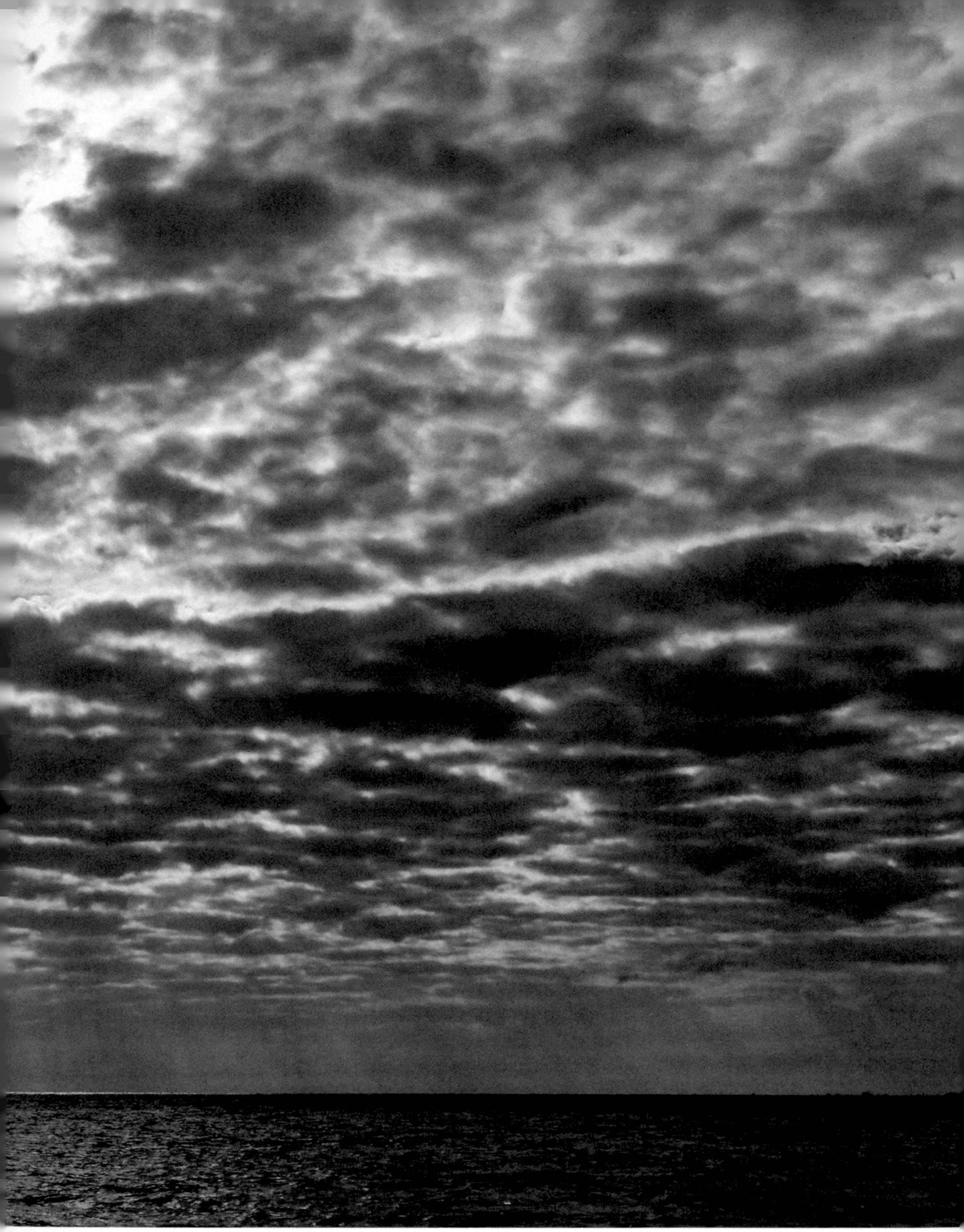

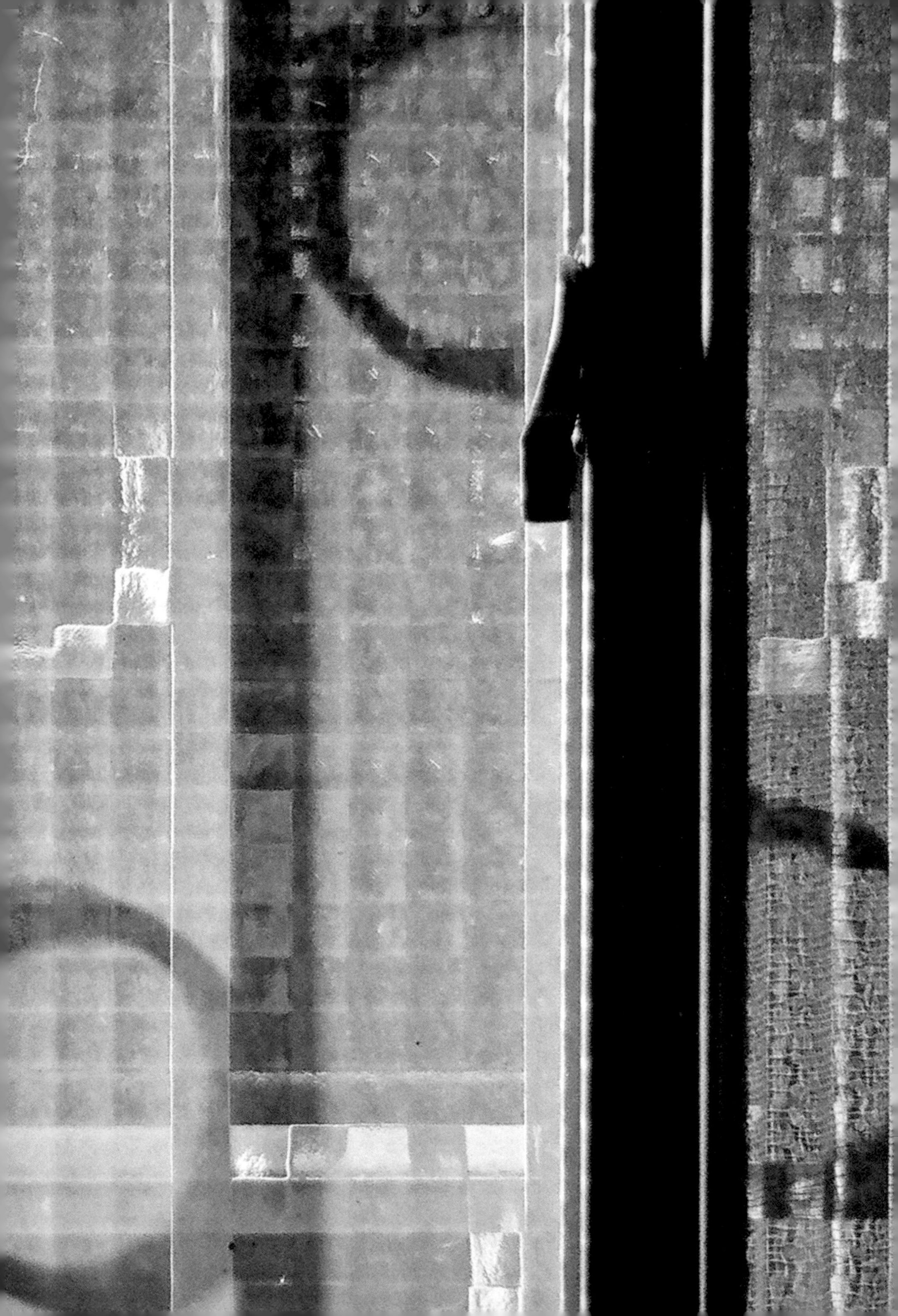

我是最纖巧的容器承載今天的雲

看世界的方法 167

作者	宇文正
攝影	孫晨哲 C.C. Tomsun

封面設計	Bianco Tsai
內頁設計	吳佳璘
責任編輯	施彥如

董事長	林明燕	總編輯	林煜幃
副董事長	林良珀	副總經理	李曙辛
藝術總監	黃寶萍	執行編輯	施彥如
執行顧問	謝恩仁	美術編輯	吳佳璘
社長	許悔之	企劃編輯	魏于婷

策略顧問	黃惠美 · 郭旭原 · 郭思敏 · 郭孟君
顧問	施昇輝 · 林子敬 · 謝恩仁 · 林志隆
法律顧問	國際通商法律事務所／邵瓊慧律師

出版	有鹿文化事業有限公司
地址	台北市大安區濟南路三段28號7樓
電話	02-2772-7788
傳真	02-2711-2333
網址	www.uniqueroute.com
電子信箱	service@uniqueroute.com

製版印刷	沐春行銷創意有限公司
總經銷	紅螞蟻圖書有限公司
地址	台北市內湖區舊宗路二段121巷19號
電話	02-2795-3656
傳真	02-2795-4100
網址	www.e-redant.com

ISBN：：9789869818889

初版：2020年3月

定價：380元

國家圖書館出版品預行編目(CIP)資料

我是最纖巧的容器承載今天的雲

宇文正 文字——初版． ——臺北市：有鹿文化，2020.3

面；公分．—（看世界的方法；167）

ISBN：978-986-98188-8-9

863.51　　108023385